KB177750

_____ 님께

_____ 드림

아들아 마음에 시 한편 새겨보렴

이 책에 수록된 시는
한국문예학술저작권협회에서 게재를 허락받았습니다.

사랑을 배워가는 아들과 함께 읽는
세상의 모든 사랑 시

아들아
마음에 시 한편
새겨보렴

· 송유 엮음 ·

다연
DAYEONBOOK

디지털 시대,
아날로그 감성으로 세상 바라보기

　지금은 하루가 멀다 하고 신기술이 넘쳐나는 그야말로 디지털 세상입니다. 급변하는 세상은 우리에게 말합니다. 날카로운 이성을 총동원하여 융통합의 새로운 패러다임으로 혁신을 거듭하라고……. 그러다 보니 모두가 이른바 스펙에 목매다시피 하며 호모사피엔스를 넘어 호모디지털을 향해 내달립니다. 그게 세상을 사로잡는, 적어도 뒤처지지 않는 유일한 길이라고 믿으면서 말이지요.

　하지만 그럴수록 어떤가요? 좀 더 완벽해져야 할 인생살이가 왠지 모르게 어긋납니다. 비인간화되면서 말이지요. 그래서 세상의 이면, 자꾸만 잊히는 또 다른 세상은 말합니다. 그럴수록 인간다움을 망각하지 말라고, 어서 본연의 인간성을 회복하라고……. 팍팍한 세상을 사로잡고 뒤처지지 않기 위해 정말 필요한 것은 아날로그 감성, 바로 인간애입니다. 사람은 누구나 사랑받고 싶어 하는 욕망을 가지고 있으니까요. 세상은 주목받으려는 사랑의 그 원초적 힘으로 굴러가고 있다 해도 과언이 아니니까요.

이를 가장 잘 대변하는 것이 시(詩) 아닐까 합니다. 시에는 인간의 각박한 마음을 인간답게 회복시키는 치유력이 있습니다. 시에는 세상을 움직이는 힘, 바로 사랑과 더불어 인간에 대한 아날로그의 통찰과 혜안이 스며들어 있습니다.

여기, 수많은 사람에게 읽히는 명시를 국내외 통틀어 93편으로 묶었습니다. 나의 아들과 당신의 아들이, 세상의 모든 아들이 부디 이 시들을 음미하며 세상을 다시 바라보길 바랍니다. 이 책 속의 시인들처럼 아날로그 시각으로 자신과 타인과 세상을 새롭게 마주하길 바랍니다. 그게 세상을 제대로 살아가는 힘이 될 테니까요. 온전히 나를 사랑하고, 한없이 너를 사랑하고, 진실로 우리를 사랑하는 세상을 꿈꿔봅니다. '빨리'를 강요하는 거대한 디지털의 흐름 속에서 한 박자 쉬어가는 '인간다움'의 아날로그 시간을 가져보길 바랍니다.

2014년 2월

송유

너를 생각하는 것이 나의 일생이었지

— 정채봉

모래알 하나를 보고도

너를 생각했지

풀잎 하나를 보고도

너를 생각했지

너를 생각하게 하지 않는 것은

이 세상에 없어

너를 생각하는 것이

나의 일생이었지

당신이 날 사랑해야 한다면

- 브라우닝

당신이 날 사랑해야 한다면 오직

사랑을 위해서만 사랑해주세요

'난 저 여자를 사랑해

미소 때문에, 예쁘기 때문에

부드러운 말씨 때문에

어느 날 즐거움을 주었기 때문에'라고

말하지 마세요

이러한 것은 그 자체가 변하거나

당신에게 있어 변할 거니까요

그처럼 짜여진 사랑은 그처럼 풀려버릴 거예요

내 뺨의 눈물을 닦아주는 당신의 사랑 어린 연민으로

날 사랑하지 마세요

당신의 위안을 오래 받았던 사람은 울기를 잊어버려

당신의 사랑을 잃을지도 모르니까요

오직 사랑을 위해 날 사랑해주세요

그래서 언제까지나

당신이 사랑할 수 있게

영원한 사랑을 위해

이렇게 살고 싶다

– 작자 미상

이렇게 살고 싶다
저녁이면 근처 동네시장에서 콩나물이며 쑥갓이며
바지락거리는 조개를 사들고 와
따뜻한 저녁을 짓고 싶다.

새벽이면
경동시장에 나가
모과며 유자며 철과일을 사들여
겨울 한철 끓여먹을 차도 만들고
폐휴지를 팔아 만든 조그만 푼돈으로는 분홍털실을 사
국민학교에 다니는 딸아이의 보조가방과
유치원에 다니는 아들아이의 코끼리 모자도 떠주고 싶다

결이 곱고 부드러운 천 한 마를 끊어다가
차 탁자 위에 깔 탁자보도 만들고

딸아이 마로니 인형의 앞치마도 만들어주고
정원에는 하얀 철제의자를 놓아
여름이면 오렌지쥬스를 마시며 월간잡지도 보고 싶다

봄 내내 봄내음을 안겨줄 개나리나무도 심어보고
아름다움의 으뜸이라는 장미덩쿨도 키워보고
마당 한구석 어디쯤
조그만 연못을 파
앙증맞은 금붕어랑 거북이도 키워보고 싶다

남편이 돌아오면 그의 어깨를 살며시 잡아
하루의 고단함을 함께해주고
꿀에 인삼가루를 재어 만든
시원한 인삼차도 대접하고 싶다.
그가 저녁을 드는 동안

지난 여름 담근 매실주도 내어오고
생선 속살을 하얗게 발라주며
하루의 일과를 들려주고 싶다

아이들이 잠든 밤,
노란 스탠드 불빛 아래
월간지 부록으로 나온 가계부를 정리하며
시어머니 생신이랑 여동생 결혼을 걱정하고
내달쯤에는 정기적금 하나를 더 들어야 할 텐데……
그런 결심도 해보고 싶다

시린 어깨 위에
하늘색 스웨터를 덮어주는 남편에게 가만히 미소 지으며
'나 시집은 정말 잘 온 것 같아'
그렇게 속삭이고 싶다

그렇게 살고 싶다
이 세상에 단 한 사람
당신과 결혼하고 싶다

사랑굿 1

– 김초혜

그대 내게 오지 않음은
만남이 싫어 아니라
떠남을
두려워함인 것을 압니다

나의 눈물이 당신인 것을
알면서도 모르는 체
감추어두는
숨은 뜻은
버릴래야 버릴 수 없고
얻을래야 얻을 수 없는
화염(火焰) 때문임을 압니다

곁에 있는
아픔도 아픔이지만

보내는 아픔이
더 크기에
그립고 사는
사랑의 혹법(酷法)을 압니다

두 마음이 맞비치어
모든 것 되어도
갖고 싶어 갖지 않는
사랑의 보(褓)를 묶을 줄 압니다

다시 태어나도 그대를 사랑하리

- J.포스터

다시 태어나도
그대를 사랑하고 싶은 것은
한 번이라도 나를 위해 울어준 사람이
바로 그대였기 때문입니다.

그대는 한 번도
그대 자신을 위해 울어본 적이 없는
그렇게도 강인한 사람이었지만
이렇게 연약한 나를 위하여
눈물을 보여주었습니다.

다시 태어나도
그대를 사랑하고 싶은 것은
이제 내가 그대를 위해
울어줄 차례이기 때문입니다.

사랑이란

- 버지니아 울프

사랑이란 생각이다

사랑이란 기다림이다

사랑은 기쁨이다

사랑은 슬픔이다

사랑은 벌이다

사랑은 고통이다

홀로 있기에 가슴 저려오는 고독

사랑은 고통을 즐긴다

그대의 머릿결

그대의 눈

그대의 손

그대의 미소는

누군가의 마음을 불태워

온몸을 흔들리게 한다

꿈을 꾸듯 생각에 빠지고
그대들은
그대들의 육체에 영혼에
삶에
그대들의 목숨까지 바친다
둘이 다시 하나가 될 때
아, 그대들은
한쌍의 새처럼 노래한다

기억해줘요

– 랭보

날 기억해줘요
나 가고 없을 때
머나먼 침묵의 나라로 나 영영 가버렸을 때
당신이 더이상 내 손을 잡지 못하고
나 되돌아가려다 다시 돌아서버리는 그때에
날 기억해줘요
당신이 짜냈던 우리들 앞날의 계획을
날마다 나한테 이야기할 수 없게 될 때에
날 기억해주기만 해요

사랑하는 그대에게

- E.뫼리케

그대를 그저 가만히 바라보노라면
그대의 아름다움에 취해 있노라면
나는 느낄 수 있습니다,
그대의 마음속에 천사가 숨쉬고 있다는 것을.

그러면 나는
그저 사랑의 위대한 의문에 휩싸인 채
행복에 겨운 미소를 가득 머금은 채
꿈을 꾸고 있는 듯한 환상에 빠져듭니다.

사랑에 빠진 내가
하늘을 향해 눈길을 보내면
온갖 별들이 미소를 짓고
나는 조용히 그 별빛 바라보며
무릎 꿇을 뿐입니다.

나를 사로잡는 것

- 롱사르

그녀의 곱슬머리도
두 볼에 패이는 보조개도
보기 좋게 살이 붙은 예쁜 목도
살짝 패인 턱도

내 영혼을 바치고
그 아래 살고자 했던
그녀의 아름다운 눈도
가장 날카로운 화살을 던진
큐피드의 아름다운 젖가슴도

그녀 미소의 우아함도
수많은 사람들의 가슴에 박힌
그녀의 아름다움도
내 사랑을 구속할 수 없네

하늘 가득 메운 그녀의 마음만이

내게 속삭이는

그녀의 달콤한 목소리만이

나를 사로잡네

우리는 누군가에게 소중한 사람입니다

- 카렌 케이시

누군가가 우리에게

고개를 한 번 끄덕여주는 것만으로도

우리는 미소 지을 수 있고

또 언젠가 실패했던 일에

다시 도전해볼 수도 있는 용기를 얻게 되듯이

소중한 누군가가

우리 마음 한구석에 자리 잡고 있을 때

우리는 그 어느 때보다

밝게 빛나며

활기를 띠고

자신의 일을 쉽게 성취해나갈 수 있습니다

우리는 누구나 소중한 사람을 필요로 합니다

또한 우리들 스스로도

우리가 같은 길을 가고 있는 소중한 사람이라는 걸

잊어서는 안 되겠지요

우리가 누군가에게
소중한 사람이라는 걸 알고 있을 때
어떤 일에서든
두려움을 극복해낼 수 있듯이
어느 날 갑작스레 찾아든 외로움은
우리가 누군가의 사랑을 느낄 때 사라지게 됩니다

공존의 이유 12

– 조병화

깊이 사귀지 마세
작별이 잦은 우리들의 생애

가벼운 정도로
사귀세

악수가 서로 짐이 되면
작별을 하세

어려운 말로
이야기하지
않기로 하세

너만이라든지
우리들만이라든지

이것은 비밀이라든지
같은 말들은
하지 않기로 하세

내가 너를 생각하는 깊이를
보일 수가 없기 때문에

내가 나를 생각하는 깊이를
보일 수가 없기 때문에

작별이 올 때
후회하지 않을 정도로 사귀세

작별을 하며
작별을 하며

사세

작별이 오면
잊어버릴 수 있을 정도로

악수를 하세

애너벨 리

- 포

아주아주 오래전
바닷가 한 왕국에
한 소녀가 살았어요
애너벨 리라면, 당신도 알지 몰라요
이 소녀는 날 사랑하고 내 사랑을 받는 것밖엔
딴생각은 아무것도 없이 살았어요

나도 어렸고 그 애도 어렸죠
바닷가 이 왕국에서
하지만 우린 보통 사랑 이상으로
사랑했어요, 나와 애너벨 리는
하늘의 날개 달린 천사들이
그녀와 나를 시샘할 만한 사랑으로

그 때문에 오래전, 바닷가 이 왕국에서

한 차례 바람이 구름으로부터 불어와
아름다운 애너벨 리를
싸늘하게 만들어버렸어요

그러곤 그녀의 지체 높은 친척들이 와서
그녀를 내 곁에서 데려가
바닷가 이 왕국
무덤에 가둬버렸죠

천국에서 우리 반만큼도 행복하지 못한 천사들이
그녀와 나를 시기한 것이었어요
그래요! 그 때문이었죠
(바닷가 이 왕국 사람들은 다 알고 있어요)
밤에 구름 속에서 한 차례 바람이 일어
나의 애너벨 리를 싸늘하게 죽여버린 건

하지만 우리의 사랑은 더 강했답니다
우리보다 나이 많은 사람들의 사랑보다
우리보다 현명한 많은 사람들의 사랑보다요

그래서 하늘의 천사들도
바다 밑의 악마들도
내 영혼과 아름다운 애너벨 리의 영혼을
떼어놓지 못해요

달빛이 빛날 때마다 난 언제나 꿈을 꾸거든요
아름다운 애너벨 리의 꿈을
별들이 뜰 때마다 나는 느껴요
애너벨 리의 빛나는 눈동자를

그래서 나는 밤새도록

내 사랑, 내 사랑, 내 생명, 내 신부의 곁에

눕는답니다

그곳 바닷가 무덤

파도 철썩이는

바닷가 무덤 속에서

사랑은 아픔을 위해 존재합니다

– 칼릴 지브란

사랑이 그대를 손짓하여 부르거든 따르십시오
비록 그 길이 어렵고 험하다 해도
사랑의 날개가 그대를 품을 때에는 몸을 맡기십시오
비록 사랑의 날개 속에 숨은 아픔이
그대에게 상처를 준다 해도
사랑이 그대에게 말하거든 그를 믿으십시오
비록 사랑의 목소리가 그대의 꿈을
모조리 깨뜨려놓을지라도

왜냐하면 사랑은 그대에게
영광의 왕관을 씌워주지만 또한
그대를 십자가에 못 박는 일도
주저하지 않기 때문입니다
사랑은
그대의 성숙을 위해 존재하지만

그대를 아프게 하기 위해서도 존재한답니다
사랑은 햇빛에 떨고 있는
그대의 가장 연한 가지들을 어루만져주지만
또한 그대의 뿌리를 흔들어대기도 한답니다

너

– 피천득

눈보라 헤치며
날아와

눈 쌓이는 가지에
나래를 털고

그저 얼마 동안
앉아 있다가

깃털 하나
아니 떨구고

아득한 눈 속으로
사라져가는
너

동행

– 이향아

강물이여,
눈먼 나를 데리고 어디로 좀 가자
서늘한 젊음, 고즈넉한 운율 위에
날 띄우고
머리칼에 와서 우짖는 햇살
가늘고 긴 눈물과
근심의 향기
데리고 함께 가자
달아나는 시간의 살침에 맞아
쇠잔한 육신의 몇 십분지 얼마,
감추어 꾸려둔 잔잔한 기운으로
피어나리

강물이여 흐르자
천지에 흩어진 내 목숨 걷어

그중 화창한 물굽이 한 곡조로

살아남으리

진실로 가자

들녘이고 바다고

눈먼 나를 데리고 어디로 좀 가자

오늘도 너를 기다린다(痙攣에게)

– 강은교

오늘도 너를 기다린다

불쑥 나타날 너의 힘을 기다린다

너의 힘이 심줄들을 부드럽게 하고

너의 힘이 핏대들을 쓰다듬으며

너의 힘이 눈부신 햇살처럼

민들레 노란 꽃잎 속으로 나를 끌고 갈 때

내가 노란 민들레 속살로 물들고 말 때

얼음의 혓바닥이 흔들거리며

얼음의 왼발이 사라지고

얼음의 왼다리가 사라지고

이윽고

얼음의 오른발이 사라지고

얼음의 오른다리가 사라지고

낮게 낮게 흐르는 눈물이 시간이 될 때

그때를 기다린다

아무도 몰래 너를
이 바람 찬 세상에서

내 안에 살고 있는 그대에게

- J.피터

사랑하는 그대여
이른 새벽녘 눈을 뜨면
가장 먼저 그대가 떠오릅니다
그대는 태양보다도 먼저 내 마음속에 떠올라
햇살보다도 더 먼저
내 마음을 환히 비춰줍니다

오늘 나는
그대만이 내 생애의 전부임을 느낍니다

오후 내내 지루한 시간들은
그리움이 있어 더욱 길게 느껴지지만
석양이 지는 계절이 오면
그대는 결코 태양보다 먼저 지지 않습니다

그대는 태양보다 더 먼저
내 마음속에 떠오르는 존재
그러나 태양보다 더 오랫동안
내 마음속에서 머물다 가는 존재입니다

내 생의 전부를 다 내어주어도
세상을 밝히는 저 태양과도
그대를 바꿀 수는 없습니다
그대는 내 안에 살고 있는 존재입니다

낙엽

- 구르몽

시몬, 어서 가자, 나뭇잎이 져버린 숲으로
낙엽은 이끼와 돌과 오솔길을 덮고 있다

시몬, 그대는 좋아하는가, 낙엽 밟는 소리를?

낙엽의 빛은 부드럽고, 그 소리 너무도 나직한데
낙엽은 이 땅 위에 연약한 표류물

시몬, 그대는 좋아하는가, 낙엽 밟는 소리를?

해 질 무렵, 낙엽의 모습은 서글프고,
바람만 몰아치면 낙엽은 정답게 외치는데

시몬, 그대는 좋아하는가, 낙엽 밟는 소리를?

발길에 밟히면 낙엽은 영혼처럼 울고,
날개 소리, 여인의 옷자락 소리를 낸다

시몬, 그대는 좋아하는가, 낙엽 밟는 소리를?

오라, 우리도 언젠가는 가련한 낙엽이 되리니,
오라, 날은 이미 저물고, 바람은 우리를 휩쓸고 있다

시몬, 그대는 좋아하는가, 낙엽 밟는 소리를?

첫사랑

– 사마자키 토오손

갓 따올린 앞머리카락
사과나무 아래에 보였을 때
앞머리에 찔러놓은 꽃무늬 빗은
한 송이 꽃이 그러하듯 아름다웠다

하얀 손 정답게 내밀며
빨갛게 익은 사과를 건네주던 그대
연분홍 빛깔의 가을 열매로
난생 처음 난 그리움을 배웠다

하염없이 내쉬는 나의 한숨이
그대 머리카락에 가닿을 적에
한없이 행복에 겨운 사랑의 잔을
그대의 의미로 채워 마셨네

과수원 사과나무밭 아래로

언제부턴가 생겨난 이 오솔길은

누가 처음 밟아놓은 자리일까

짐짓 물어보면 한결 더 그리워진다

그 사람에게

- 신동엽

아름다운
하늘 밑
너도야 왔다 가는구나
쓸쓸한 세상 세월
너도야 왔다 가는구나

다시는
못 만날지라도 먼 훗날
무덤 속 누워 추억하자,
호젓한 산골길서 마주친
그날, 우리 왜
인사도 없이
지나쳤던가, 하고

행복

- 유치환

사랑하는 것은
사랑을 받느니보다 행복하나니라
오늘도 나는
에메랄드빛 하늘이 환히 내다뵈는
우체국 창문 앞에 와서 너에게 편지를 쓴다

행길을 향한 문으로 숱한 사람들이
제각기 한 가지씩 생각에 족한 얼굴로 와선
총총히 우표를 사고 전보지를 받고
먼 고향으로 또는 그리운 사람께로
슬프고 즐겁고 다정한 사연들을 보내나니

세상의 고달픈 바람결에 시달리고 나부끼어
더욱더 의지 삼고 피어 헝클어진 인정의 꽃밭에서
너와 나의 애틋한 연분도
한망울 연연한 진홍빛 양귀비 꽃인지도 모른다

사랑하는 것은
사랑을 받느니보다 행복하나니라
오늘도 나는 너에게 편지를 쓰나니
그리운 이여 그러면 안녕!

설령 이것이 이 세상 마지막 인사가 될지라도
사랑하였으므로 나는 진정 행복하였네라

그대와 함께 있을 때

- 세리 카스텔로

나는 그대와 함께할 때의 내 모습이 좋아요
그것이 진정한 모습이라는
생각이 들어요

그대 사랑의 햇빛에 싸여서
한층 더 성숙해지고
한층 더 아름다워지는
나의 모습을
나의 모든 시간을
그대와 함께할 수는 없지만

그대와 함께 있을 때
나는 어느 누구와도
마음을 열고 만날 수 있는
보다 크고 따뜻한 모습이 되는 걸 느껴요

질투는 나의 힘

− 기형도

아주 오랜 세월이 흐른 뒤에

힘없는 책갈피는 이 종이를 떨어뜨리리

그때 내 마음은 너무나 많은 공장을 세웠으니

어리석게도 그토록 기록할 것이 많았구나

구름 밑을 천천히 쏘다니는 개처럼

지칠 줄 모르고 공중에서 머뭇거렸구나

나 가진 것 탄식밖에 없어

저녁 거리마다 물끄러미 청춘을 세워두고

살아온 날들을 신기하게 세어보았으니

그 누구도 나를 두려워하지 않았으니

내 희망의 내용은 질투뿐이었구나

그리하여 나는 우선 여기에 짧은 글을 남겨둔다

나의 생은 미친 듯이 사랑을 찾아 헤매었으나

단 한 번도 스스로를 사랑하지 않았노라

내 그대를 사랑하는지

— 괴테

내 그대를 사랑하는지 나는 모른다

단 한 번 그대 얼굴 보기만 해도

단 한 번 그대 눈동자 보기만 해도

내 마음은 온갖 괴로움 벗어날 뿐

내 얼마나 즐거워하는지 하느님이 알 뿐

내 그대를 사랑하는지 나는 모른다

조그만 사랑 노래

– 황동규

어제를 동여맨 편지를 받았다
늘 그대 뒤를 따르던
길 문득 사라지고
길 아닌 것들도 사라지고
여기저기서 어린 날
우리와 놀아주던 돌들이
얼굴을 가리고 박혀 있다
사랑한다 사랑한다, 추위 가득한 저녁 하늘에
찬찬히 깨어진 금들이 보인다
성긴 눈 날린다
땅 어디에 내려앉지 못하고
눈뜨고 떨며 한없이 떠다니는
몇 송이의 눈

사랑니

- 고두현

슬픔도 오래되면 힘이 되는지
세상 너무 환하고 기다림 속절없어
이제 더는 못 참겠네
온몸 붉디붉게 애만 타다가
그리운 옷가지들 모두 다 벗고
하얗게 뼈가 되어 그대에게로 가네
생애 가장 단단한 모습으로
그대 빈 곳 비집고 서면
미나리밭 논둑길 가득
펄럭이던 봄볕 어지러워라

철마다 잇몸 속에서 가슴치던 그 슬픔들
오래되면 힘이 되는지
내게 남은 마지막 희망
빛나는 뼈로 솟아 한밤내 그대 안에서

꿈같은 몸살 앓다가
끝내는 뿌리째 사정없이 뽑히리라는 것
내 알지만 햇살 너무 따뜻하고
장다리꽃 저리 눈부셔 이제 더는
말문 못 참고 나 그대에게로 가네

그대를 사랑하기에
나는 오늘도 행복합니다

– K.리들리

오늘도 난

그대를 사랑하고 있다는 것만으로 참 행복합니다.

내 마음에서 사랑이 식지 않고

시간이 갈수록 더 뜨겁게 타오르는 것은

오직 그대가 있기에 가능한 일입니다.

힘겨운 짐을 지고 외로이 길을 떠나는 인생일지라도

그대를 사랑하는 마음 지속된다면

나는 늘 행복할 것입니다.

홀로 걷는 인생이 되어 아주 먼 길을 간다 해도,

흰머리 휘날리며

오랜 인생의 뒤안길에서

지나온 발자취를 더듬다 눈물 흘릴지라도

그대를 사랑했던 내 마음 변치 않는다면

그날도 나는 참 행복할 것입니다.

인생이란 허무한 것이고
허무하다 못해
때로는 절망이 눈덩이처럼 커지기도 하지만
내가 그대를 사랑하고
그대가 내 사랑을 받아줄 수 있다면
그것으로 내 인생은 참 행복할 것입니다.

저 고독

- 박두진

당신을 언제나 우러러 뵈옵지만

당신의 계신 곳을 알지 못합니다

당신의 인자하신 음성에 접하지만

당신의 말씀의 뜻을 알 수 없습니다

당신은 내게서 너무 멀리에 계셨다가

너무너무 어떤 때는 가까이에 계십니다

당신이 나를 속속들이 아신다고 할 때

나는 나를 더욱 알 수 없고

당신이 나를 모른다고 하실 때

비로소 조금은 나를 압니다

이 세상 모두가 참으로 당신의 것

당신이 계실 때만 비로소 뜻이 있고

내가 나일 때는 뜻이 없음은

당신이 당신이신 당신 때문입니다

나는 당신에게서만 나를 찾고

나에게서 당신을 찾을 수 없습니다

밤에도 낮에도 당신 때문에 사실은 울고
나 때문에 당신이 우시는 것을 압니다
천지에 나만 남아 나 혼자임을 알 때
그때 나는 나의 나를 주체할 수가 없습니다
어디로도 나는 나를 가져갈 수가 없습니다

당신을 사랑하기에

- 헤세

당신을 사랑하기에 지난밤 나는
그토록 설레며 당신에게 속삭였지요
당신이 나를 영원히 잊지 못하도록
당신의 마음을 따왔지요

당신의 마음은 나와 함께 있으니
좋든 싫든 오로지 내것이지요
설레며 불타오르는 내 사랑
어떤 천사라도 그대를 빼앗아가진 못해요

내 마음의

- 하이네

내 마음의 이 깊은 상처를
예쁜 저 꽃들이 알고 있다면
함께 울어서 이 아픔을
어쩌면 고쳐줄 수 있으리라

슬프게 아파오는 나의 마음을
나이팅게일 새가 알았더라면
즐거운 노래를 우짖어서
내게 힘을 북돋워주었으리라

나의 괴로움을 알았더라면
드높이 반짝이는 별들도
높은 하늘로부터 내려와서
상냥하게 위로해주었으리라

그렇지만 나의 이 슬픔을

아무도 알고 있지 못하나니

알고 있는 사람이란 나의 마음을

이렇게 찢어놓은 그녀뿐이라

사랑하는 이가 있다는 것을

- 로저 핀취즈

길이 너무 멀어 보일 때,
어둠이 밀려올 때,
모든 일이 다 틀어지고 친구를 찾을 수 없을 때……
그때는 기억하세요,
사랑하는 이가 있다는 것을.

미소 짓기가 어렵고 기분이 울적할 때,
아무리 날갯짓해도 날아오를 수 없을 때……
그때는 기억하세요,
사랑하는 이가 있다는 것을.

일을 마치기도 전에 시간이 다 달아나고,
시작하기도 전에 시간이 다 끝나버릴 때,
조그만 일들이 당신을 가로막아
아무 일도 할 수 없을 때……

그때는 기억하세요,
사랑하는 이가 있다는 것을.

사랑하는 이가 멀리 떠나고 당신 혼자만 있을 때,
어떤 말을 해야 할지 모를 때,
혼자 있다는 것이 두려울 때,
그때는 기억하세요,
사랑하는 이가 있다는 것을.

무지개를 사랑한 걸

– 허영자

무지개를 사랑한 걸 후회하지 말자

풀잎에 맺힌 이슬, 땅바닥을 기는 개미

그런 미물을 사랑한 걸 결코 부끄러워하지 말자

그 덧없음

그 사소함

그 하잘것없음이

그때 사랑하던 때에

순금보다 값지고

영원보다 길었던 걸 새겨두자

눈 멀었던 그 시간

이 세상 무엇과도 바꾸지 않을

기쁨이며 어여쁨이었던 걸

길이길이 마음에 새겨두자

내가 당신을 얼마나 사랑하냐구요?

- 브라우닝

내가 당신을 얼마나 사랑하냐구요?
헤아려보겠어요
나는 당신을 사랑해요, 내 영혼이 닿을 수 있는
깊이와 넓이와 높이까지, 눈에 보이지 않는
존재와 이상적인 우아의 극치를 더듬을 때
당신을 사랑해요, 일상 생활의 가장 중요한
필요에 이르기까지 햇빛과 촛불 곁에서
당신을 자유롭게 사랑해요
사람들이 권리를 위해 투쟁하듯
당신을 순순히 사랑해요
사람들이 칭찬에서 돌아서듯

당신을 사랑해요
내 옛 슬픔에 쏟았던 정열로
내 어린 시절의 신앙으로

당신을 사랑해요

내 잃어버린 성인들과 함께

내가 잃었던 것으로 여겼던 사랑으로!

내 평생의 숨결과 미소와 눈물로 당신을 사랑해요!

하느님 뜻이라면,

죽고 난 후 더욱 당신을 사랑하겠어요

F에게

- 포

사랑을 원하나요? 그러면
지금 오솔길로 걸어가세요
지금 당신 모습 그대로
당신 아닌 다른 누구도 되려 하지 말고
그러면 당신의 멋진 모습과
자신감에 넘치는 아름다움을
사람들이 한없이 칭찬할 테니
그리고 사랑은 운명처럼 다가오리니

사모

- 조지훈

사랑을 다해 사랑하였노라고
정작 해야 할 말이 있음을 알았을 때
당신은 이미 남의 사람이 되어 있었다

불러야 할 뜨거운 노래를 가슴으로 죽이며
당신은 멀리 잃어지고 있었다
하마 곱스런 눈웃음이 잊혀지기 전
두고두고 아름다운 여인으로 잊어달라지만
남자에게 있어 여자란 기쁨 아니면 슬픔

다섯 손가락 끝을 잘라 핏물 오선을 그어
혼자서도 외롭지 않을 밤에 울어보리라

울어서 멍든 눈흘김으로
미워서 미워지도록 사랑하리라

한 잔은 떠나버린 너를 위해

한 잔은 너와의 영원한 사랑을 위해

또 한 잔은 이미 초라해진 나 자신을 위해

그리고 마지막 한 잔은

이미 알고 정하신 하느님을 위해

이제는 더이상 헤매지 말자

- 바이런

이제는 더이상 헤매지 말자

이토록 늦은 한밤중에

지금도 사랑은 가슴속에 깃들고

지금도 달빛은 훤하지만

칼을 쓰면 칼집이 해어지고

정신을 쓰면 가슴이 헐고

심장도 숨쉬려면 쉬어야 하고

사랑도 때로는 쉬어야 하니

밤은 사랑을 위해 있고

낮은 너무 빨리 돌아오지만

이제는 더이상 헤매지 말자

아련히 흐르는 달빛 사이를

참 좋은 당신

- 김용택

어느 봄날

당신의 사랑으로

응달지던 내 뒤란에

햇빛이 들이치는 기쁨을 나는 보았습니다

어둠 속에서 사랑의 불가로

나를 가만히 불러내신 당신은

어둠을 건너온 자만이 만들 수 있는

밝고 환한 빛으로 내 앞에 서서

들꽃처럼 깨끗하게 웃었지요

아,

생각만 해도

참

좋은

당신

이런 사랑

– 버지니아 울프

세상에 둘도 없는 친구나

이 세상 하나뿐인 다정한 엄마도

가끔 멀리하고 싶을 때가 있는데

당신은 아직 한 번도 싫은 적이 없어요

어떤 옷에도 잘 어울리는 벨트나

예쁜 색깔의 매니큐어까지도

몇 번 쓰고 나면 바꾸고 싶지만

당신에 대한 마음은 아직 한 번도

변한 적이 없어요

새로 산 드레스도

새로 나온 초콜릿도

며칠만 지나면 곧 싫증나는데

당신은 아직 단 한 번도

싫증난 적이 없어요

오래 숙성된 포도주나 그레이프 디저트도

매일 먹으면 물리는데

당신은 매일매일 같이 있고 싶어요

내 사랑은 그대의 것입니다

– 리사 위겟

그대와 함께하는 시간은 내게 아주 특별합니다
그대에게 손을 내밀면
그대가 거기 있을 것임을 알고 있어요
내게 그것은 온 세상을 의미하죠

그대가 어딜 가든
내 마음은 그대와 함께 있으며
어떤 일이 있어도 내 사랑은 그대의 것이에요

그대가 내게 미소 지을 때
그것은 그대 마음속으로부터 우러나온 것임을 알지요
또한 다른 누구도 하지 않을 일을
그대는 나를 위해 하리라는 것을 알아요

내가 해야 하는 만큼

자주 그대를 사랑하노라고 말하지 않는 것은

내 마음속 깊은 곳에서는

내가 그대를 사랑하고 있음을

그대가 알아주길 바라고 있기 때문입니다

연인에게로 가는 길

― 헤세

아침은 신선하게 눈을 뜨고
세상은 이슬에 취하여 반짝거린다
금빛으로 그를 싸안아주는
생생한 빛으로

나는 숲 속을 거닐며
재빠른 아침과 발을 맞추어
열심히 걸음을 재촉한다
아침이 나를 아우처럼
동행시킨다

누런 보리밭에
뜨겁게 드리운 대낮이
쉬임없이 길을 재촉하는 날
바라보고 있다

조용한 저녁이 오면

나는 목적지에 닿으리라

대낮이 그렇듯이 귀여운 이여

당신의 가슴에서 타버리리라

가지 않은 길

– 프로스트

노란 숲 속에 길이 두 갈래로 났었습니다
나는 두 길을 다 가지 못하는 것을 안타깝게 생각하면서
오랫동안 서서 한 길이 굽어 꺾여 내려간 데까지
바라다볼 수 있는 데까지 멀리 바라다보았습니다

그리고, 똑같이 아름다운 다른 길을 택했습니다
그 길에는 풀이 더 있고 사람이 걸은 자취가 적어,
아마 더 걸어야 될 길이라고 나는 생각했었던 게지요
그 길을 걸으므로, 그 길도 거의 같아질 것이지만

그날 두 길에는
낙엽을 밟은 자취는 없었습니다
아, 나는 다음날을 위하여 한 길은 남겨두었습니다
길은 길에 연하여 끝없으므로
내가 다시 돌아올 것을 의심하면서

훗날에 훗날에 나는 어디선가
한숨을 쉬며 이야기할 것입니다
숲 속에 두 갈래 길이 있었다고,
나는 사람이 적게 간 길을 택하였다고
그리고 그것 때문에 모든 것이 달라졌다고

생일

– 로세티

내 마음은 물오른 가지에
둥지 튼 노래하는 새
내 마음은 주렁주렁 맺힌 열매로
휘어진 사과나무
내 마음은 고요한 바다에서
헤엄치는 무지갯빛 조개
내 마음은 이 모든 것보다 더 기쁘답니다
내 사랑이 날 찾아왔으니까요

날 위해 명주와 솜털로 단을 세워주세요
그 단에 모피와 자줏빛 곤포를 걸쳐줘요
거기에다 비둘기와 석류,
백 개의 눈을 가진 공작을 새기고
금빛, 은빛 포도송이와
잎사귀와 백합화를 수놓아주세요

왜냐면 내 일생의 생일이 왔으니까요

내 사랑이 날 찾아왔으니까요

가난한 사랑의 노래

- 신경림

가난하다고 해서 외로움을 모르겠는가

너와 헤어져 돌아오는

눈 쌓인 골목길에 새파랗게 달빛이 쏟아지는데

가난하다고 해서 두려움이 없겠는가

두 점을 치는 소리

방범대원의 호각소리 메밀묵 사려 소리에

눈을 뜨면 멀리 육중한 기계 굴러가는 소리

가난하다고 해서 그리움을 버렸겠는가

어머님 보고 싶소 수없이 뇌어보지만

집 뒤 감나무에 까치밥으로 하나 남았을

새빨간 감 바람소리도 그려보지만

가난하다고 해서 사랑을 모르겠는가

내 볼에 와 닿던 네 입술의 뜨거움

사랑한다고 사랑한다고 속삭이던 네 숨결

돌아서는 내 등 뒤에 터지던 네 울음

가난하다고 해서 왜 모르겠는가

가난하기 때문에 이것들을

이 모든 것들을 버려야 한다는 것을

그 누가 알겠는가 사랑을

- 롱사르

아무도 모르리

사랑이 어떻게 나를 지배하는지

어떻게 나에게 들어와 나를 정복하는지

어떻게 내 마음을 태우고 또 얼어붙게 하는지

어떻게 수줍은 내가 당신을 차지하는지

아무도 모르리

사랑이 왜 우리를 불행하게 하는지

허상을 좇기에 바쁜 젊은 날이

나에게도 찾아온 것을

사랑은 나의 고통을

그리고 나를 지배하는

그 가혹함을 알게 되리

사랑은 알고 있네

우리 마음이 노예가 되기를 원할 때

잠시 맞서보는 이성의 힘이

얼마나 나약한지
사랑은 알고 있네
독약을 가득 머금은
사랑의 가시를 간직하는 것이
얼마나 행복한지를

당신이 원하신다면

– 아폴리네르

당신이 원하신다면
당신에게 드리리다
아침을
나의 활기찬 아침을

그리고 당신이 좋아하는
빛나는 나의 머리카락과
금빛 도는 나의 푸른 눈을

당신이 원하신다면
당신에게 드리리다
따사로운 햇살 비추는 아침에
들려오는 모든 소리와
근처 분수에서 치솟는
깁미로운 물소리들을

그리고 곧이어 찾아들 석양을

내 쓸쓸한 마음의 눈물인

석양을

또한 나의 조그마한 손

그리고

당신의 마음 가까이에

있지 않으면 안 될

나의 마음을

사랑은 불이 아님을

- 문정희

사랑은 불이 아님을
알고 있었다

잎새에 머무는 계절처럼
잠시 일렁이면

나무는 자라고
나무는 옷을 벗는
사랑은 그런 수궁 같은 것임을

그러나 불도 아닌
사랑이 화상을 남기었다

날 저물고
비 내리지 않아도

저 혼자 흘러가는

외롭고 깊은
강물 하나를

영원히 사랑한다는 것은

- 도종환

영원히 사랑한다는 것은
조용히 사랑한다는 것입니다
영원히 사랑한다는 것은
자연의 하나처럼 사랑한다는 것입니다
서둘러 고독에서 벗어나려 하지 않고
기다림으로 채워간다는 것입니다
비어 있어야 비로소 가득해지는 사랑
영원히 사랑한다는 것은
평온한 마음으로 아침을 맞는다는 것입니다

사랑하는 사람을 잃는 것은
몸 한쪽이 허물어지는 것과 같아
골짝을 빠지는 산울음소리로
평생을 떠돌고도 싶습니다
그러나 사랑을 흙에 묻고

돌아보는 이 땅 위에

그림자 하나 남지 않고 말았을 때

바람 한 줄기로 깨닫는 것이 있습니다

이 세상 사는 동안 모두 크고 작은 사랑의 아픔으로

절망하고 뉘우치고 원망하고 돌아서지만

사랑은 다시 믿음 다시 참음 다시 기다림

다시 비워두는 마음으로

하나가 되어야 한다는 것입니다

사랑으로 찢긴 가슴은

사랑이 아니고는 아물지 않지만

사랑으로 잃은 것들은

사랑이 아니고는 찾아지지 않지만

사랑으로 떠나간 것들은

사랑이 아니고는 다시 돌아오지 않지만

비우지 않고 어떻게 우리가
큰 사랑의 그 속에 들 수 있습니까
한 개의 희고 깨끗한 그릇으로 비어 있지 않고야
어떻게 거듭거듭 가득 채울 수 있습니까

영원히 사랑한다는 것은
평온한 마음으로 다시 기다린다는 것입니다

낙엽

– 예이츠

가을은 우리를 사랑하는 긴 잎사귀 위에 왔다
그리고 보릿단 속에 든 생쥐에게도,
머리 위 마가목 잎새는 노랗게 물들고
이슬 맺힌 산딸기도 노랗게 물들었다

사랑이 시드는 계절이 닥쳐와
지금 우리의 슬픈 영혼은 지치고 피곤하다
우리 헤어지자, 정열의 계절이 다 가기 전에
그대 수그린 이마에 키스와 눈물을 남기고

그대와의 사랑이 깊어갑니다

– 제이미 딜러레

내가 처음 그대와 사랑에 빠진 것이
언제였는지 잘 모르겠지만 아마
우리가 처음으로 서로를 마음에 품었던 그때였거나
아니면 그대가 나를 조금 좋아한다는 사실을
내가 처음으로 알게 된 때였을 거예요

잘은 모르겠지만
내가 그대를 생각하면 할수록
아무 일도 손에 잡히지 않았던 때가 생각납니다

그대가 내 곁에 머물러 있기를
그렇게도 간절히 원하였으며
그런 생각에 너무나 감격해하던 일이 생각납니다

전화벨이 울릴 때마다

언제나 그대이길 바랐으면서도

또 한편으로

그대가 아니길 바랐던 기억도 납니다

그대 없이는

— 헤세

밤이면 나의 베개는
비석처럼 날 덧없이 바라본다
홀로 있는 것이,
당신의 머리카락에 싸여 있지 않는 것이,
이처럼 쓰라리다는 것을 미처 몰랐다

적막한 집에 홀로 누워
등불을 끄고는
당신의 손을 잡으려고
가만히 두 손을 뻗으며,
뜨거운 입술을 살며시
당신 입에 대고 지치기까지 애무한다
그러나 갑자기 눈을 뜨면
주위엔 차가운 밤이 깔리고
창에는 별이 빛나고 있다

아, 그대의 금발은 어디 있는가?
달콤한 그 입술은 어디 있는가?

지금은 어느 기쁨도 슬픔이 되고,
포도주 잔마다 독이 된다
홀로 있는 것,
홀로 당신 없이 있다는 것,
그것이 이처럼 쓰라리다는 것을 미처 몰랐다

추억 한 잔

– 김지향

꿈통에 대못을 박고
다시는 열지 않기로 했다

나의 이 굳은 결의 앞에
기억의 스크린이
책장처럼 넘어간다

스크린 한 토막 뚝, 잘라내어
가슴의 가마솥에 넣고 천천히 끓인다
허름한 삶 한 자락이
조청처럼 졸아들어
추억 한 잔으로 남았다

한 잔 속에 가라앉아 타고 있는
비릿한 추억의 눈을

만지작거리는 나에게
꿈통에 박힌 대못이 크게 확대되어 왔다

성급한 나의 결의를
저항이나 하듯이

내 사랑은 빨간 장미꽃

- 번즈

오, 내 사랑은 빨갛게 활짝 피어난
유월의 장미꽃
내 사랑은 고운 노랫소리
멜로디 따라 흐르는 노랫소리예요

그대 진실로 아름다워
이토록 애타게 사랑해요
바닷물이 다 말라버릴 때까지
내 사랑은 한결같아요

바닷물이 다 말라버릴 때까지
바위가 햇빛에 스러질 때까지
내 살아 있는 날까지
내 사랑은 한결같아요

안녕, 내 사랑이여
우리 잠시 헤어져
천리만리 멀리 떨어져 있어도
난 다시 돌아올 거예요

연꽃

– 하이네

연꽃은 찬란한
해님이 두려워
머리 숙이고 꿈꾸며
밤이 오기를 기다린다

달님은 그녀의 연인
달빛이 비춰 그녀를 깨우면
연꽃은 수줍게 얼굴을 들고
상냥하게 님을 위해 베일을 벗는다

연꽃은 피어 작열하듯 빛나며
말없이 높은 하늘을 바라보고
향내음 풍기며 사랑의 눈물 흘리고
사랑의 슬픔 때문에 하르르 떤다

사랑의 비밀

- 블레이크

사랑을 말하지 말아요, 그대
사랑은 말할 수 없는 것
어디서 불어오는지 모르는
보이지 않는 바람 같은 것

나 한때 사랑을 고백한 적 있었지
두려움에 몸을 떨며
내 마음 전부 보여주었지
그러나 그녀는 떠나고 말았네

한 나그네 나타나
알지 못할 어디론가
한숨 지으며
그녀를 데려가버렸네

사랑만이 희망이다

- V.드보라

힘겨운 세상일수록 사랑만이 희망일 때가 있습니다.

새들은
하늘에 검은 먹구름이 드리울수록
더욱 세차게 날갯짓하며 비상한다는 것을
잊지 마십시오.

꽃들은 날이 어두워질수록
마지막 안간힘을 다하여 세상을 향해 고개 든다는 것을
잊지 마십시오.

나무들은 그 생명을 마쳤어도
하늘을 향해 곧게 제 모습을 지키며 서 있다는 것을
우린 정말 잊지 말아야 하겠습니다.

죽어서도 의연히 서 있는 나무들처럼,

마지막 순간에도

최선을 다해 고개 들어 하늘을 보는 꽃들처럼,

먹구름이 내려앉을수록 더 높이 비상하는 새들처럼,

삶을 사랑하고 사람을 사랑함에

최선을 다해야 하겠습니다.

사랑만이

우리에게 진정한 희망일 때가 있습니다.

푸르른 날

- 서정주

눈이 부시게 푸르른 날은
그리운 사람을 그리워하자

저기 저기 저 가을 꽃 자리
초록이 지쳐 단풍 드는데

눈이 내리면 어이 하리야
봄이 또 오면 어이 하리야

내가 죽고서 네가 산다면!
네가 죽고서 내가 산다면?

눈이 부시게 푸르른 날은
그리운 사람을 그리워하자

떠나와서

– 나태주

떠나와서 그리워지는

한 강물이 있습니다

헤어지고 나서 보고파지는

한 사람이 있습니다

미루나무 새 잎새 나와

바람에 손을 흔들던 봄의 강가

눈물 반짝임으로 저물어가는

여름날 저녁의 물비늘

혹은 겨울 안개 속에 해 떠오르고

서걱대는 갈대숲 기슭에

벗은 발로 헤엄치는 겨울 철새들

헤어지고 나서 보고파지는

한 사람이 있습니다

떠나와서 그리워지는

한 강물이 있습니다

당신을 만나기 전에는

– P.파울라

당신을 만나는 것이
이렇게 큰 기쁨인 줄은
정말 몰랐습니다.

자연스런 대화와
변함 없는 애정과
그토록 완전한 믿음을
경험하게 될 줄은
정말 몰랐습니다.

내 자신을 바침으로써
더 많은 것을 받게 될 줄은
정말 몰랐습니다.

사랑한다는 말을 하게 될 줄은,

당신에게 그 말을 하게 될 줄은,

그 말이 그토록 깊은 뜻일 줄은

예전에는 정말 몰랐습니다.

내가 만일 애타는 한 가슴을

- 디킨스

내가 만일 애타는 한 가슴을 달랠 수 있다면
내 삶은 헛되지 않으리라
내가 만일 한 생명의 고통을 덜어주거나
한 괴로움을 달래주거나
또는 힘겨워하는 한 마리의 로빈새를 도와서
보금자리로 돌아가게 해줄 수 있다면
내 삶은 정녕 헛되지 않으리라

사랑의 꿈

- 정현종

사랑은 항상 늦게 온다. 사랑은 생 뒤에 온다.

그대는 살아보았는가. 그대의 사랑은 사랑을 그리워하는 사랑일 뿐이다. 만일 타인의 기쁨이 자기의 기쁨 뒤에 온다면 그리고 타인의 슬픔이 자기의 슬픔 뒤에 온다면 사랑은 항상 생 뒤에 온다.

그렇다면?

그렇다면 생은 항상 사랑 뒤에 온다.

내가 죽거든

- 로세티

내가 죽거든 님이여,
나를 위해 슬픈 노랠랑 부르지 마세요
내 머리 밑엔 장미도
그늘진 사이프러스 나무도 심지 마세요
비에 젖고 이슬 맺힌
푸른 풀로만 나를 덮어주세요
그리하여 그대의 뜻대로 기억하시고
그대의 뜻대로 잊어주세요

나는 나무의 그림자도 못 보겠지요
나는 빗방울도 못 느끼겠지요
괴로운 듯 울어대는 밤 꾀꼬리의 노래도
이제는 듣지 못할 거예요
그리고 뜨지도 지지도 않는
황혼 속에서 꿈꾸며

나는 그대를 생각할 거예요

아니, 어쩌면 잊을지도 모르겠어요

아름다운 것을 사랑한다

– 브리지스

내, 모든 아름다운 것을 좋아하여
그것을 찾으며 또한 숭배하느니
그보다 더 찬미할 게 무엇이랴
사람은 바쁜 나날 속에서도
아름다움으로 인하여 영예로운 것
나 또한 무엇인가를 창조하여
아름다움의 창조를 즐기려 한다
그 아름다움이 비록 내일 오게 되어
기억에만 남아 있는
한낱 꿈속의 빈말 같다고 해도

우화의 강 1

– 마종기

사람이 사람을 만나 서로 좋아하면
두 사람 사이에 서로 물길이 튼다
한쪽이 슬퍼지면 친구도 가슴이 메이고
기뻐서 출렁이면 그 물살은 밝게 빛나서
친구의 웃음소리가 강물의 끝에서도 들린다

처음 열린 물길은 짧고 어색해서
서로 물을 보내고 자주 섞여야겠지만
한 세상 유장한 정성의 물길이 흔할 수야 없겠지
넘치지도 마르지도 않는 수려한 강물이 흔할 수야 없겠지

긴 말 전하지 않아도 미리 물살로 알아듣고
몇 해쯤 만나지 못해도 밤잠이 어렵지 않은 강
아무려면 큰강이 아무 의미도 없이 흐르고 있으랴
세상에서 사람을 만나 오래 좋아하는 것이

죽고 사는 일처럼 쉽고 가벼울 수 있으랴
큰강의 시작과 끝은 어차피 알 수 없는 일이지만
물길을 항상 맑게 고집하는 사람과 친하고 싶다
내 혼이 잠잘 때 그대가 나를 지켜보아 주고
그대를 생각할 때면 언제나 싱싱한 강물이 보이는
시원하고 고운 사람을 친하고 싶다

사랑의 노래

– 릴케

그대를 사랑하지 않는다면
어떻게 나를 사랑할 수 있을까요?
오직 그대를 사랑하는 내 마음은
영원히 변하지 않을 것입니다

오! 한 줄기 빛도 비치지 않는
어두운 암흑 속에서도
나는 그대를 바라볼 수 있습니다
내 영혼의 눈길로

그대와 나는 바이올린의 현처럼
서로 공명하면서 아름다운 음악을 연주하고 있습니다
그런데 어느 음악가가 우리를 연주하고 있는 것일까요?
오, 달콤한 노래여!

그대를 위해

나의 모든 것을 바치겠습니다

머리 끝에서 발 끝까지

나는 온통 그대만의 것입니다

이별의 말

- 오세영

설령 그것이
마지막의 말이 된다 하더라도
기다려달라는 말은 헤어지자는 말보다
얼마나
아름다운가
이별은 말로 하는 것이 아니라
눈으로 하는 것이다
'안녕'
손을 내미는 그의 눈에
어리는 꽃잎,
한때 격정으로 휘몰아치던 나의 사랑은
이제 꽃잎으로 지고 있다
이별은 봄에도 오는 것
우리의 슬픈 가을은 아직도 멀다
기다려달라고 말해다오

설령 그것이

마지막의 말이 된다 하더라도

사랑한 뒤에

– 랭보

이제 헤어지다니, 이제 헤어져
다시 만날 수 없게 되다니
영원한 이별이라니, 나와 그대
기쁨으로, 또한 고통으로

이제 우리가 사랑해선 안 된다면
만난다는 것은 너무도, 너무도 괴로운 일
이전에는 만나면 그저 즐거웠는데
그것도 이제는 이미 지나간 일

사랑하는 사람이여

– 롱펠로

사랑하는 사람이여, 편히 쉬세요
그대를 지키러 나 여기에 왔습니다
그대 곁이라면
그대 곁이라면
혼자 있어도 나는 기쁩니다

그대 눈동자는 아침의 샛별
그대 입술은 한 송이 빨간 꽃
사랑하는 사람이여, 편히 쉬세요
내가 싫어하는 시계가
시간을 헤아리고 있는 동안에

그대는 나의 전부입니다

- P.네루다

그대는, 해 질 무렵 붉은 석양에 걸려 있는 그리움입니다.
빛과 모양 그대로 내가 가장 좋아하는 구름입니다.

그대는 나의 전부입니다.
부드러운 입술을 가진 그대여,
그대의 생명 속에는 나의 꿈이 살아 있습니다.
그대를 향한 변치 않는 꿈이 살아 숨쉬고 있습니다.

사랑에 물든 내 영혼의 빛은
그대의 발 밑을 붉은 장밋빛으로 물들입니다.

오, 내 황혼의 노래를 거두는 사람이여,
내 외로운 꿈속 깊이 사무쳐 있는 그리운 사람이여,
그대는 나의 전부입니다.
그대는 나의 모든 것입니다.

석양이 지는 저녁, 고요히 불어오는 바람 속에서
나는 소리 높여 노래하며 길을 걸어갑니다.

사랑하는 그대여, 내 영혼은
그대의 슬픈 눈가에서 다시 태어나고
그대의 슬픈 눈빛에서 다시 시작됩니다.

아직도 사랑한다는 말에

– 서정윤

사랑한다는 말로도
다 전할 수 없는
내 마음을
이렇게 노을에다 그립니다

사랑의 고통이 아무리 클지라도
결국 사랑할 수밖에,
다른 어떤 것으로도
대신할 수 없는 우리 삶이기에
내 몸과 마음을 태워
이 저녁 밝혀드립니다

다시 하나가 되는 게
그다지 두려울지라도
목숨 붙어 있는 지금은

그대에게 내 사랑

전하고 싶어요

아직도 사랑한다는 말에

익숙하지 못하기에

붉은 노을 한 편 적어

그대의 창에 보냅니다

동경

– 괴테

내 마음을 이렇게도 *끄*는 것은 무엇인가
내 마음을 밖으로 이*끄*는 것은 무엇인가
방에서, 집에서
나를 마구 끌어내는 것은 무엇인가
저기 바위를 감돌며
구름이 흐르고 있다!
그곳으로 올라갔으면
그곳으로 갔으면!

까마귀가 떼를 지어
하늘하늘 날아간다
나도 그 속에 섞여
무리를 따라간다
그리고 산과 성벽을 돌며
날개를 펄럭인다

저 아래 그 사람이 있다
나는 그쪽을 살펴본다

저기 그 사람이 거닐어온다
나는 노래하는 새
무성한 숲으로
급히 날아간다
그 사람은 멈춰 서서 귀를 기울여
혼자 미소 지으며 생각한다
저렇게 귀엽게 노래하고 있다
나를 향해서 노래하고 있다고

지는 해가 산봉우리를
황금빛으로 물들이건만
아름다운 그 사람은 생각에 잠겨서

저녁놀을 보지도 않는다
그 사람은 목장을 따라
개울가를 거닐어간다
길은 꼬불꼬불하고
점점 어두워진다

갑자기 나는
반짝이는 별이 되어 나타난다
'저렇게 가깝고도 멀리
반짝이는 것은 무엇일까'
네가 놀라서
그 빛을 바라보면,
나는 너의 발 아래 엎드린다
그때의 나의 행복이여!

꽃이 하고픈 말

- 하이네

새벽녘 숲에서 꺾은 제비꽃
이른 아침 그대에게 보내드리리
황혼 무렵 꺾은 장미꽃도
저녁에 그대에게 갖다드리리

그대는 아는가
낮에는 진실하고
밤에는 사랑해달라는
그 예쁜 꽃들이 하고픈 말을

그리움은 돌아갈 자리가 없다

– 천양희

이게 아닌데 이게 아닌데 하면서
나는 그만 그 산 넘어버렸지요
이게 아닌데 이게 아닌데 하면서
나는 그만 그 강 건너갔지요
이게 아닌데 이게 아닌데 하면서
나는 그만 그 집까지 갔지요
이게 아닌데 이게 아닌데 하면서
그땐 그걸 위해 다른 것 다 버렸지요
그땐 슬픔도 힘이 되었지요
그 시간은 저 혼자 가버렸지요
그리움은 돌아갈 자리가 없었지요

소중한 것은 떠난 뒤에 남는다

– 서주홍

소중한 것은
떠난 뒤에 남는 것

떠나고 남은
자리의 크기를

내 삶의 한 곳간에
정성 들여 쌓아두고

아무에게도
보이고 싶지 않은

은밀한 사랑으로
너를 지키며

지상에서 가장 아름다운 키로
너를 키워서
내 바라던
따스한 봄볕 내릴 때

닫힌 내 삶의 한 곳간을
활짝 열어젖히면

내 일상(日常)은
하얀 깃털 되어

파아란 하늘 향해
나래짓을 하리니

사랑의 의미

- 이더스 쉐이퍼 리더버그

사랑이란
비록 잊기 어려운 일이 생겨도
용서해주는 것입니다
함께 손을 잡고서
결코 떠나보내기를
원치 않는 것입니다

내일도 오늘만큼이나
좋은 날이 되길 바라며
비밀을 함께 나누고
함께 속삭이며
별이 빛나는 밤하늘을
함께 바라보는 것입니다

그리고 가장 중요한 것은

사랑이란

또다시 외롭게 되는 일이

결코 없을 것임을

깨닫는 것입니다

사랑의 되뇌임

– 브라우닝

사랑한다고 한 번만 더 들려주세요
다시 한 번 더
그 말을 되뇌면
님에겐 뻐꾸기 울음처럼 들리겠지만

기억해두세요
뻐꾸기 울음 없이는 결코
상큼한 봄이 연록빛 치장을 하고
산이나 들에, 계곡과 숲에 찾아오지 않아요

님이여, 칠흑 속에서 믿기 어려운
영혼의 목소리를 들은 저는 그 의심의 틈바구니 속에서
"사랑한다고 다시 한 번 들려주세요" 하고 외쳐봅니다

온갖 별들이

제각기 하늘을 수놓는다 해도 너무 많다고
두려워할 사람이 어디 있겠어요?

온갖 꽃들이
저마다 사철을 장식한다 해도 너무 많다고
두려워할 사람이 어디 있겠어요?

"사랑해, 사랑해, 사랑해"라고 들려주세요
그 달콤한 말을 되뇌주세요

다만 잊지는 마세요
말없이 영혼으로도 사랑하는 것을

그대는 울고

– 릴케

그대는 울고
그대 우는 걸 나는 보았네
반짝이는 눈물방울이
그 푸른 눈에 맺히는 것을
제비꽃에 앉았다 떨어지는
맑은 이슬방울처럼
그대 방긋이 웃는 걸 나는 보았네
푸른 구슬의 반짝임도
그대 곁에선 빛을 잃고 말 것을
그대의 반짝이는 눈동자
그 속에 담긴 생생한 빛
따를 바 없어라
구름이 저 먼 태양으로부터
깊고도 풍요로운 노을을 받을 때
다가오는 저녁 그림자

그 아름다운 빛을

하늘에서 씻어낼 수 없듯이

그대의 미소는

우울한 이 내 마음에

맑고 깨끗한 기쁨을 주고

그 태양 같은 빛은 타오르는 불꽃같이

내 가슴속에 찬연히 빛나네

추억에서의 헤매임

- 장석남

1

추억이 아픈 모양이다

손톱 속으로 환한 구름이 보이고

길 모퉁이를 지키는 별이

낭하 긴 가슴을 눈여겨 쳐다본다

겨울이 오고 눈이 내리면

눈발들에게 방을 내줄

커다란 나뭇잎

추억의 음악이 떨리는 모양이다

답십리 쪽에서 구겨진 도화지처럼 연기가 올라간다

황무지 다섯 평

나의 마음이

눈빛이 딱딱한 마른 물고기를 구워 소풍가고 싶어한다

2

옛집 집 앞 옥수수밭에 바람이 덮치나
가슴이 실타래처럼 얽힌다
얽힌 실타래 속 물고기 한 마리
입 속에 환한 불이 켜져 있다
어머니는 해마다 밭둑에 옥수수를 심어
우리집 울음을 대신 울게 했지 아침이면
차마 눈으로 볼 수 없는 옥수숫대가 있었어

3

새벽에 가을 나무를 보면
애정이 꽃피던 시절이 있었다
사랑이 다 바람 불어간 후
근심의 밑바닥을 바라보면
비로소 애정이 꽃피는,
가지들이 너무 무거웠으므로 나는 너그럽지 못했다
나는 오늘밤 마른 물고기를 타고
진흙별에까지 가야 한다
그곳에 두 눈 칭칭 동여맨 나의 사랑이 있으므로

눈발들에게 방을 내줄
얼킨 실타래 속 물고기 한 마리
애정이 꽃피던 시절
두 눈 칭칭 동여맨 나의 사랑

눈물을 갖기 원합니다

- 칼릴 지브란

가끔 찬란한 슬픔 속에 묻혀
가슴을 저미는 고통에 몸부림칩니다
하지만 내 가슴의 슬픔을 기쁨과 바꾸지는 않겠습니다
내 안의 구석구석에서 흐르는 슬픔이
웃음으로 바꿔지는 것이라면 나는
그런 슬픔으로는 눈물 또한 흘리지 않으렵니다

눈물은 가슴을 씻어주고
인생의 비밀과 감추어진 것들을 이해하게 해줍니다
눈물은 부서진 가슴을 가진 사람들을
하나로 묶어주는 힘이 있습니다
나는 나의 삶이 눈물을 갖기 원합니다

내가 만난 사람은 모두 아름다웠다

– 이기철

잎 넓은 저녁으로 가기 위해서는
이웃들이 더 따뜻해져야 한다
초승달을 데리고 온 밤이 우체부처럼
대문을 두드리는 소리를 듣기 위해서는
채소처럼 푸른 손으로 하루를 씻어놓아야 한다
이 세상에 살고 싶어서 별을 쳐다보고
이 세상에 살고 싶어서 별 같은 약속도 한다
이슬 속으로 어둠이 걸어 들어갈 때
하루는 또 한 번의 작별이 된다
꽃송이가 뚝뚝 떨어지며 완성하는 이별
그런 이별은 숭고하다
사람들의 이별도 저러할 때
하루는 들판처럼 부유하고
한 해는 강물처럼 넉넉하다
내가 읽은 책은 모두 아름다웠다

내가 만난 사람은 모두 아름다웠다

나는 낙화만큼 희고 깨끗한 발로

하루를 건너가고 싶다

떨어져서도 향기로운 꽃잎의 말로

내 아는 사람에게

상추 잎 같은 편지를 보내고 싶다

감사해요, 그대

- 카렌 허시

우리는 서로의 사랑과 우정으로 축복을 받아왔어요.

나도, 내가 썼던 어떤 글도

당신이 나의 삶에 새겨준 변화를 나타내주지 못해요.

당신이 내게 주었던 행복과 깊은 사랑,

감사 그리고 이해를

나는 당신을 생각할 때마다 느껴요.

당신은 내게 물었지요.

당신과 함께 무엇을 하고 싶냐고.

난 아무것도 바라지 않아요.

당신이 내게 소중하듯

나도 당신에게 소중했으면 하는 것밖엔.

연인이 되어주어서 고마워요.

무엇보다도 친구가 되어주어서 고마워요.
무슨 일에서나
당신을 온전히 믿고 존경하고 감사해요.

우리에겐 시간이 있어요.
우리의 내일을 간절히 기다리며
지난날들을 사랑하겠어요.

당신을 사랑해요.

소망의 시 1

- 서정윤

하늘처럼 맑은 사람이 되고 싶다
햇살같이 가벼운 몸으로
맑은 하늘을 거닐며
바람처럼 살고 싶다, 언제 어디서나
흔적없이 사라질 수 있는
바람의 뒷모습이고 싶다

하늘을 보며, 땅을 보며
그리고 살고 싶다
길 위에 떠 있는 하늘, 어디엔가
그리운 얼굴이 숨어 있다
깃털처럼 가볍게 만나는
신의 모습이
인간의 소리들로 지쳐 있다

불기둥과 구름기둥을 앞세우고
알타이 산맥을 넘어
약속의 땅에 동굴을 파던 때부터
끈질기게 이어져 오던 사랑의 땅
눈물의 땅에서, 이제는
바다처럼 조용히
자신의 일을 하고 싶다
맑은 눈으로 이 땅을 지켜야지

거리에 비 내리듯

– 베를렌

거리에 비 내리듯
내 마음에 눈물 내린다
가슴속 깊이 스며드는
이 슬픔은 무엇일까?

속삭이는 빗소리는
대지 위에, 지붕 위에!
울적한 이 가슴에는
아, 비 내리는 노랫소리여!

역겨운 내 맘속에
까닭없이 눈물 흐른다
웬일일까! 배반도 없었는데?
이 슬픔은 까닭이 없다

사랑도 미움도 없이
내 마음 왜 이다지 아픈지,
이유조차 모르는 일이
가장 괴로운 아픔인 것을!

너를 위하여

– 김남조

나의 밤 기도는
길고
한 가지 말만 되풀이한다

가만히 눈뜨는 건
믿을 수 없을 만치의
축원(祝願)

갓 피어난 빛으로만
속속들이 채워 넘친 환한 영혼의
내 사람아

쓸쓸히
검은 머리 풀고 누워도
이적지 못 가져본

너그러운 사랑

너를 위하여
나 살거니
소중한 건 무엇이나 너에게 주마
이미 준 것은
잊어버리고
못다 준 사랑만을 기억하리라
나의 사람아

눈이 내리는
먼 하늘에
달무리 보듯 너를 본다

오직

너를 위하여
모든 것에 이름이 있고
기쁨이 있단다
나의 사람아

내가 지금 당신을 사랑하는 것은

- 로이 크로프트

내가 당신을 사랑하는 것은
지금 당신이 당신이기 때문에도 그렇지만
당신 곁에서 내가
또 다른 나로 변하기 때문입니다.

내가 당신을 사랑하는 것은
내 삶의 목재로 헛간이 아니라 신전을 짓도록,
내가 날마다 하는 일을 꾸중함이 아니라
노래가 되도록 도와주기 때문입니다.
내가 당신을 사랑하는 것은
어떠한 신앙보다도 바로 당신이
나를 더욱 선하게 만들었고
어떠한 운명보다도 바로 당신이
나를 더욱 행복하게 만들었기 때문입니다.

손도 대지 않고, 말 한 마디 없이,
기적도 없이 당신은 모두 해냈습니다.
당신이 자신에게 충실했기 때문에
이 모든 것을 이루어낸 것입니다.
어쩌면 이런 것이
참된 사랑인지도 모르겠습니다.

그대 눈 속에

– 다우첸다이

그대 눈 속에
나를 쉬게 해주세요
그대 눈은 세상에서
가장 고요한 곳

그대의 검은 눈동자 속에
살고 싶어요
그대의 눈동자는
아늑한 밤과 같은 평온

지상의 어두운 지평선을 떠나
단지 한 발자국이면
하늘로 올라갈 수 있나니

아, 그대 눈 속에서

내 인생은
끝이 날 것을

그대여, 사랑해주지 않으시렵니까

- 브라우닝

그대여, 사랑해주지 않으시렵니까

그대의 사랑이 지속되는 한
언제까지나 기다리고 있겠습니다

가슴에 꽂아놓은 그대의 꽃은
6월에 꽃을 피운 4월의 씨앗이랍니다

손에 들고 있던 씨앗을 뿌렸습니다
하나둘 싹이 트고 꽃이 피는 것은
사랑이라는 것

아니 사랑과 비슷한 것
당신은 결코 버리지 않을 것이라고 믿었습니다

사랑을
죽음을
바라보십시오

무덤에 꽂아놓은 한 송이 제비꽃
당신의 눈짓 한 번이
천만 번의 괴로움을 씻어주고 있다는 것을

죽음이란 아무것도 아니랍니다
그대여, 사랑해주지 않으시렵니까

사랑하면

- 조병화

우리가 어쩌다가 이렇게 서로 알게 된 것은
우연이라 할 수 없는 한 인연이려니
그러다가 이별이 오면 그만큼 서운해지려니
그냥 지나칠 수 없는 슬픔이 되려니

우리가 어쩌다가 이렇게 알게 되어
서로 사랑하게 되면, 그것도
어쩔 수 없는 한 운명이라 여겨지려니
이러다가 이별이 오면 그만큼 슬퍼지려니
이거 어쩔 수 없는 아픔이 되려니

우리가 어쩌다가 사랑하게 되어
서로 더욱 못견디게 그리워지면, 그것도
그렇게 될 수밖에 없는 숙명으로 여겨지려니
이러다가 이별이 오면 그만큼 뜨거운 눈물이려니

그렇게 될 수밖에 없는 흐느낌이 되려니

아, 사랑하게 되면 사랑하게 될수록
이별이 그만큼 더욱더 애절하게 되려니
그리워지면 그리워질수록, 그만큼
이별이 더욱더 참혹하게 되려니

수선화

- 워즈워스

골짜기와 산 위에 높이 떠도는
구름처럼 외로이 헤매다니다
나는 문득 떼지어 활짝 펴 있는
황금빛 수선화를 보았나니,

호숫가 줄지어 선 나무 아래서
미풍에 한들한들 춤을 추누나

은하에서 반짝이며 깜빡거리는
별들처럼 총총히 연달아 서서
수선화는 샛강 기슭 가장자리에
끝없이 줄지어 서 있었나니!

흥겨워 춤추는 꽃송이들은
천 송인지 만 송인지 끝이 없구나!

그 옆에서 물살도 춤을 추지만
수선화의 흥보다야 나을 것이랴
이토록 즐거운 무리에 어울릴 때
시인의 유쾌함은 더해지나니,

나는 그저 바라보고 또 바라볼 뿐
내가 정말 얻은 것을 알지 못했다

하염없이 있거나, 시름에 잠겨
나 홀로 자리에 누워 있을 때
내 마음에 그 모습 떠오르나니,
이는 바로 고독의 축복 아니랴,

그럴 때면 내 마음은 기쁨에 넘쳐
수선화와 더불어 춤을 추노라

그대 눈물을 보았지

- 바이런

1

그대 눈물을 보았지, 그 크고 푸른 눈에서

흘러내리며 반짝이는 그 눈물은

제비꽃에 방울방울 맺힌 맑은 이슬 같았지

그대 웃음을 보았지

벽옥의 반짝임도

그대 곁에선 그만 빛을 잃고

그대의 눈동자에 넘쳐흐르는,

그 생생한 빛을 따르지 못하네

2

구름이 태양을 받아

은은하고 부드럽게 물들면

고요히 내려앉는 저녁 그림자조차

그 빛을 씻어내지 못하듯

그대 미소 우울한 내 마음에

가슴 벅찬 기쁨을 솟게 하고

내 가슴속엔 태양빛처럼 빛나는

불꽃 하나 찬연히 타오르네

그대를 위해

- 이서진

그대가 그림을 그리면
나는 그대를 위해 집을 짓겠습니다.
넓지도 좁지도 않은 뜰 여기저기에
그대의 미소를 꼭꼭 심어두고
모진 세월 다가와도 빛 바래지 않게
벽돌 사이사이는
그대와의 추억으로 만들고,
창문은 그대 향한 나의 그리움으로 터놓아
더 크게 더 밝게 만들겠어요.
내 여린 가슴 위해서는 벽난로를 지어
더이상 찬바람이 들지 못하게 하고,
못내 아프고 슬펐던 마음을 위해 불을 붙여
태양처럼 밝고 따사롭게 만들겠어요.
집 앞 뜰에는 세상에서 제일 큰 사랑을 키우고
그대 들어오실 대문은

화려하지 않은

질기고 오랜 기다림으로 꼭꼭 엮어두고

그대 오시면 활짝 열어드릴게요.

그대를 사랑하는 이유

- 오버그

그대를 사랑하는 이유가

몇 가지나 되는지 헤아려봐야 한다면

그 수가 너무 많아 온 세상을 다 돌고도 남을 거예요

그대에 대한 나의 사랑을 말이나 글로 표현하라고 하면

그 말을 다하기도 전에 내 목은 쉬고

그 글을 다 쓰기도 전에 손가락이 곱고 말 거예요

게다가 저도 모르게 화가 나겠지요

그건 너무 힘겨운 일이니까요

하지만 그대를 향한 내 사랑에도 기적은 있어요

그건 바로

사랑하는 이유를 헤아릴 필요도 없고

설명할 필요도 없으며

멋진 말로 표현할 필요도 없다는 거예요

중요한 것은 그대가 나의 사랑을 알아준다는 거예요

우리가 서로 멀리 떨어져 있거나
마음이 산란하거나
서로 침묵을 지킬 때라도
내가 당신에게 사랑한다고 말하면
그건 내 마음속에서 우러나오는
끝없는 진심임을 알아주세요

사랑합니다

그 무엇도 우리를 갈라놓을 수 없습니다

– 칼릴 지브란

숨이 멎을 것 같은 전율

그 가슴 벅찬 깨달음

너무나 익숙한 느낌

그대를 처음 본 순간

나는 알아버렸습니다

그리고 나의 사랑은 시작되었습니다

그날의 떨림은

지금까지도 내 가슴에 생생하게 남아 있습니다

달라진 게 있다면 단지

천 배는 더 깊고

천 배는 더 애틋해졌다는 것뿐입니다

영원으로부터 영원까지

그대를 사랑합니다

이 세상에 태어나기 전부터

그대를 만나기 훨씬 전부터

나는 그대를 사랑하고 있었나 봅니다

그대를 처음 본 순간

나는 그것을 알아버렸습니다

운명

그대와 나의 사랑은 운명이기에

그 무엇도 우리를 갈라놓을 수 없습니다

우리 둘 헤어질 때

– 바이런

말없이 눈물 흘리며
우리 둘 헤어질 때
여러 해 떨어질 생각에
가슴 찢어졌었지
그대 뺨 파랗게 식고
그대 키스 차가웠어
이 같은 슬픔
그때 벌써 마련돼 있었지

내 이마에 싸늘했던
그날 아침 이슬
바로 지금 이 느낌을
경고한 조짐이었어
그대 맹세 다 깨지고
그대 명성도 사라졌으니

누가 그대 이름 말하면
나도 같이 부끄럽네

남들 내게 그대 이름 말하면
그 이름 죽음의 종처럼 들리고
온몸을 몸서리쳐지게 하는데
왜 그리 그대 사랑스러웠을까
내 그대 알았던 것 남들은 몰라
너무나 잘 알고 있었던 걸
오래오래 난 그댈 슬퍼하리
말로는 못 할 만큼 너무나 깊이

남몰래 만났던 우리
이제 난 말없이 슬퍼하네
잊기 잘하는 그대 마음

속이기 잘하는 그대 영혼을

오랜 세월 지난 뒤

그대 다시 만나면

어떻게 인사를 해야 할까?

말없이 눈물로만 인사를 할까?

행복

– 부세

사람들은 말하지
산 너머에 행복이 있다고
아아,
사람들은 서로를 찾아헤매다
눈물을 훔치며 돌아온다

사람들은 말하지
산 너머에 행복이 있다고

아들아
마음에 시 한 편
새겨보렴

초판 1쇄 인쇄 2014년 2월 15일
초판 1쇄 발행 2014년 2월 20일

엮은이 | 송유
펴낸이 | 전영화
펴낸곳 | 다연
주　　소 | (121-854) 경기도 파주시 문발로 115 세종출판벤처타운 404호
전　　화 | 070-8700-8767
팩　　스 | 031-814-8769
이메일 | dayeonbook@naver.com
본　　문 | 미토스
표　　지 | 김윤남
ⓒ 다연

ISBN 978-89-92441-48-3(03810)

※ 잘못 만들어진 책은 구입처에서 교환 가능합니다.